Désordre et Sentiments

Anna Gavalda

Désordre et Sentiments

ÉDITIONS
FRANCE
LOISIRS

Éditions France Loisirs,
123, boulevard de Grenelle, Paris
www.franceloisirs.com

ISBN : 978-2-298-03281-9

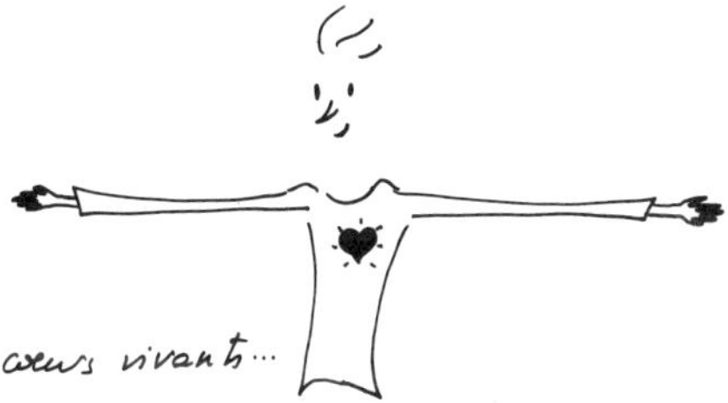

à tous les cœurs vivants…

— Jeyrghl rrroui râvvvlorf rrheeu…

— Qu'est-ce qu'il dit, là ?

— J'en sais rien, mais qu'est-ce qu'il pue…

— Jeyrghl rrroui râvv…

– Au secours, il vient vers moi ! Pousse-toi un peu, steup…

— T'es marrante, je peux pas me pousser plus. Tu vois bien qu'il y a une… enfin un… Enfin y a plus de place, quoi…

— Jeyrghlll !!!

Oh crédiou, le voilà qui s'énervait à présent et titubait jusqu'à nous en se grattant fébrilement les roubignolles… J'ai fermé les yeux. La nuit était déjà bien entamée et les emmerdes ne faisaient que commencer. Enfin, je dis ça... *J'imagine* qu'elles ne faisaient que commencer... Nous n'avions même plus de montres. Soit je pleurais soit je me marrais. Pour dire la vérité, j'avais plutôt envie de pleurer, mais comme elle était près de moi, j'ai posé ma tête sur son épaule et mon sourire est allé taquiner le sien en douce. J'imagine que ses lèvres ont dû résister un peu – après tout c'était elle qui nous avait mises dans cette galère – mais pas très longtemps, non, jamais très longtemps, sinon ce ne serait plus drôle, et j'ai senti ses épaules tressaillir doucement. Ou nerveusement peut-être ? Oui, c'est ça, nerveusement. Notre premier fou rire en apnée pour ainsi dire...

Pourtant nous en avions une collection merveilleuse de fous rires, toutes les deux, merveilleuse... Mais celui-ci demeurerait notre plus beau trophée, du moins l'espérais-je... Pardon, c'est idiot ce que je viens d'espérer. Puisse la vie nous en offrir de plus rocambolesques encore. De plus rocambolesques, mais de moins douloureux car il est très pénible de ricaner sans les ouïes. Essayez, vous verrez.

Seigneur un jour..., a-t-elle murmuré, ... *seigneur toujours,* ai-je repris entre deux spasmes étouffés. Cette expression à la con avait toujours été notre panache, notre étendard, notre sublime cri de ralliement, seulement son incongruité, son déplacé, à ce moment précis de nos modestes destinées a viré les masques à gaz. Tant pis. Tant pis pour nous. Nous avons ri de bon cœur et dans la puanteur tout en prenant bien soin de relever nos jolis souliers parce que l'autre excité de la braguette venait de rendre, dans un râle déchirant, ses dix litrons de Villageoise macérés à la Saupiquet.

Une petite salade à base de maïs je dirais, vu la saucée de grains rose pâle qui s'abattit sur nous...

Hieurk.

Un retentissant « Pitain dé merde ! Vous faire chier moi trop, vous tous cônardes ! » vint rompre le silence de soulagement qui suivit cette… euh… féerie de couleurs, et Lili m'a susurré à l'oreille :

— Tu vois, mon cœur, je ne pouvais pas me pousser plus et la dame d'à côté, eh bien… c'était un monsieur…

J'ai essayé de sourire de nouveau mais cette fois, ça n'a pas marché. De grosses larmes épuisées venaient de noyer le peu de vaillance qu'il me restait en magasin.

Tout en pichenétant deux ou trois grains au passage, elle a passé son bras autour de mon épaule :

— Pardon… Je te demande pardon…

Puis, se tournant vers notre artificier en diverses sécrétions corporelles venues ou à venir encore, et qui s'était mis à borborygmer de plus belle :

— Oh ! Et toi, ta gueule ! Et tu dégages gros porc sinon ta putain de teub, je te la fais bouffer, t'as compris ? !

* * *

Ma sœur et moi sommes de grandes romantiques. Peut-être cela vous aura-t-il échappé à ce point du récit car les circonstances, j'en ai bien peur, ne nous sont pas très favorables, mais ne vous y fiez pas. Oubliez cette terrible odeur de pisse, faites abstraction de la flaque de dégueulis saumâtre qui vous sépare de nous, détournez pudiquement le regard, ne vous focalisez pas, je vous prie, sur la barbe dure sous le fond de teint ni sur les poils pris dans la résille de notre autre compagnon d'infortune et croyez-moi sur parole : plus romantiques, plus délicates que nous deux, ça n'existe pas.

Est-ce que vous connaissez Jane Austen ? Est-ce que vous avez lu *Raison et Sentiments*, *Orgueil et Préjugés* ? Non ? *Emma* peut-être ? Non plus ? Dommage car cela vous aurait donné une idée parfaitement juste de notre sensibilité et de la valeur de notre belle amitié.

Dans les romans de Jane Austen, il y a toujours un moment où l'une des sœurs, souvent la plus âgée, console sa cadette des tourments amoureux qui l'affligent en la raisonnant tendrement. (*Tenderly*, en v.o.)

La scène se passe dans une chambre, à la lumière vacillante d'une chandelle en vieux suif, et la grande sœur sensée brosse les cheveux de la petite écervelée en lui rabâchant des trucs comme : *Réfléchis, ce baronet n'est peut-être pas aussi classieux qu'il en l'air...* Ou : *Mais la vie, ce n'est pas comme dans tes sonnets de Shakespeare...* Ou bien : *Je te l'accorde, le colonel Brandon est moche comme un pou* (a louse) (!), *mais reconnais qu'il a de gentilles attentions...* Ou encore : *Tu devrais broder ton trousseau plutôt que de t'esquinter les nerfs à languir après l'amour, tu le sais pourtant, que notre dot n'est pas very big...*

Le vent souffle, la lande grince, des courants d'air glacés courent le long des plinthes, la brique tiédit à peine les draps humides, les domestiques fricotent dans la sellerie, le feu se meurt, la dèche de leur papa, le petit écusson de campagne qui leur tient lieu de titre leur bouchent l'horizon et la période des bals est bientôt terminée... L'équation est simple, implacable : Jeunesse sur Grands Rêves moins la Dot égale Petite Vie. Gentil pasteur, mignon jardin, gentille paroisse au mieux, sinon... Sinon vieille fille. Moustache, cancans, soupirs, tambours, aiguillées, ventres vains et aigreur sous le gras.

Pas de rentes, pas d'atout. Pas d'atouts, fin de partie.

Elles le savent. Elles savent tout cela. Mais elles s'en fichent : elles sont nulles en maths ! Elles sont belles, elles sont spirituelles, elles sont intenses. Les cœurs battent, les rires fusent, les mains se pressent, les tresses s'allongent et les frissons changent de camp. Les gla gla gla se transforment en gloussements et les angoisses en hi hi hi. La nuit sera longue ? Ça n'a pas la moindre importance. Elles sont ensemble, elles s'adorent et le poète le leur a promis : *water cools not love...*

Nous sommes comme vous, Elinor, Marianne, Jane et Elizabeth, nous ne dénouons plus nos jupons et les arrière-salles de bar ont remplacé les jolis *cottages*, mais nos rires résonnent aussi loin, aussi pur, aussi haut que les vôtres.

Nos secrets sont les mêmes, nos dots aussi minables, notre avenir aussi incertain, mais Shakespeare, cinq siècles plus tard, tient toujours la chandelle au bord du lit : coucher ou ne pas coucher le premier soir, telle est la question.

Comme vous, nous lisons Shelley, Keats et les sœurs Brontë. Comme vous, nous virevoltons dans les offices, enfournons des gâteaux, servons le thé avec un nuage de lait et nous jouons même aux dominos s'il le faut... Nous égayons les gens tristes, nous caressons des paumes, nous arrimons des bras, nous tirebouchonnons des mouchoirs humides, nous cachons sous nos grossiers paletots des rubans, des médaillons, de minuscules boutons de roses et le satin, et la gaze, et l'organdi froufroutent encore sous l'usure de nos jeans troués.

Comment expliquer alors que deux silhouettes aussi distinguées, courtoises, *georgiennes*, en un mot, se retrouvent ainsi dans un commissariat de banlieue, coincées entre un clodo éructant, maculé de bave, d'urine et de vieilles croûtes de chiasse, et un travelo moldave à l'œil poché et à la sémantique besogneuse ? Oui. Comment se fait-ce ?

C'est une longue histoire…

* * *

J'ignore ce dont « les copines » discutent entre elles quand elles se téléphonent ou qu'elles se retrouvent autour d'un verre. J'ignore même ce que le mot « copine » signifie, je n'en ai jamais eu. Mais j'ai eu une sœur à la place. Une petite Lili née six ans après moi et qui a pris celle de toutes les autres en revenant de la maternité. Qui me fut peluche, poupée, doudou, chiot, chaton, Barbie, Polly Pocket tête à coiffer, à maquiller, princesse, mendiante, maîtresse ou fée selon le pailleté des baguettes et qui m'est devenue, avec les années, camarade de régiment, coéquipière en solitaire, entremetteuse en coups plus ou moins foireux, supporter, consolatrice, Eau de Ricqlès ou de fleurs d'oranger, directrice de conscience, boîte à secrets, crachoir, défouloir, muse, témoin de mariage, marraine d'enfant, béquille d'âme, bouée dans la foule, phare dans la nuit, écho dans le… de… je pourrais continuer comme ça très longtemps, mais j'ai peur de vous ennuyer…

C'est ça, range le violon et revenons-en aux faits si tu veux bien…

Ah ? Alors euh… où j'en étais déjà ?

Le gnouf.

Ah, oui, pardon… les copines… Le truc, c'est que dans les feuilletons américains genre *Sex and the City* et toutes ces fadaises, les filles entre elles ne parlent que de garçons, mais aussi de leurs mères, de leur patron, de leurs collègues et de leurs régimes. Bon. Nous aussi. Nous ne faisons pas mieux et nous ne buvons pas moins. Seulement j'ai la faiblesse de croire que notre curseur est toujours un cran au-dessus du leur.

Nos lignes de mire sont moins précises et nos cibles plus réfléchissantes. Ce que nous visons est souvent trop loin, trop flou et ce que nous manquons nous renvoie, hélas, toujours à nous-mêmes... Euh... je... je sens bien que je ne suis pas très claire, là... C'est quoi exactement, la différence entre la bande de Jessica Parker Bidule et nos pommes ? Question grossièretés, question causticité, question mauvaise foi, piques, banderilles et toute l'armurerie lourde, il est probable que nous les niquions à plates coutures vu que le politiquement correct, ça nous a toujours bien gavées (la preuve... sinon, nous ne serions pas en train de nous pelotonner contre la moumoute en léopard de synthèse de La Grande Sergueï à l'heure qu'il est...), mais pour le reste, je veux dire pour le fond, pardon mesdemoiselles les pissouzes, pardon. Nous dominons.

Seigneur un jour... Vous ne pouvez pas comprendre. C'est un truc du vieux continent, ça… Si t'as pas eu un grand-père mort pour aller libérer Jérusalem avec Saint Louis, t'es déjà plus dans le cortège, ma poule. Eh, non… Sorry. Car nous ne cancanons pas après les garçons, *nous*, nous parlons d'Amour. Contrairement à vos gloussements peroxydés et maintes fois reprogrammés, nous ne nous demandons jamais de « détails » par exemple. Et qu'est-ce qu'il t'a fait ? Et comment il t'a prise ? Et la taille de sa… Ttt tt, arrière, petites colons, pas de ça chez nous. Les fins de soirées et l'amour pour intrigue, c'est : Comment était son regard ? Et est-ce qu'il s'était rasé ? Et il lisait quoi quand tu es arrivée ? Tu crois qu'il lisait vraiment ? Et quel film vous êtes allés voir ? Ah ? C'était bien ? Le jeu des mains, après, on veut bien savoir. C'est souvent joli, le jeu des mains, mais quand les lèvres s'y mettent aussi, quand ça monte, tout le monde descend.

Ma sœur et moi, nous nous connaissons par cœur, nous n'avons aucun secret l'une pour l'autre, nous nous sommes emballées pour des tocards et nous avons pleuré de grands princes ensemble, mais n'avons jamais parlé de cul à corps ouverts. (Là, me connaissant, je pourrais me mettre sur les pointes et tenter une petite entrechattes du genre : Bon, c'est vrai que l'engin de Machin, vu le bazar que c'était, euh… Elle m'a quand même esquissé un geste, un écartement de pêcheur marseillais… Mais non, je ne peux même pas vous l'arracher ce sourire-là. Le braquemart en question, elle se l'est gardée pour elle toute seule…) (Soupir.)

Et pour les autres sujets c'est pareil : quand on parle de notre Maman, de nos petits chefs ou des sangsues du boulot qui nous épinglent devant la machine à café avec leurs histoires de paella trop lourde, d'ados mollassons, de thyroïde ou de cachemires en soldes, on essaye toujours d'élever le débat. Bien sûr qu'on commence par faire nos mères poissardes et canarder à tout va, mais, passé la première salve, on écarte mieux les chairs et on y met beaucoup de tendresse : le pauvre, quelle enfance de merde il a dû avoir, pour en arriver là… Tu crois que son mari la caresse encore ? Tu lui as bien dit qu'elle était mimi quand elle mettait son petit béret rouge ? Et au fait, tu sais, je lui ai offert, ce livre dont tu m'as parlé pour son gamin…

Nous ne sommes pas des saintes, nous ne sommes pas des faux derches, c'est juste que nous aimons bien les gens et qu'il n'y a pas d'histoires, même de plus mesquines, sans un peu d'amour ici ou là. Eh, oui, parce que…

OK, OK. Pause. Après le violon, tu remballes aussi le prie-Dieu et tu nous ramènes chez les poulagas. On ne va pas y passer la nuit non plus…

Euh…

Oui. Si. On va *y passer la nuit. Mais qu'on sache au moins pourquoi…*

Hé, du calme. Rallumez la télé, si vous n'avez pas la patience des genèses. Je l'ai révisé avec mon fils aîné l'autre jour. Là, on n'en est qu'à la situation initiale. Soyez patients, le conte s'achemine et l'élément perturbateur déboule dans quelques paragraphes.

Vous avez des enfants ???

Trois.

Et ils savent que vous êtes là ?

Qu'est-ce que vous croyez ? Que je leur ai envoyé un texto ? « Au mitard avec tante Lili et deux bons amis : -))) gros bisous mounette » Bien sûr que non, gros malins. Ils nous ont pris nos portables.

De toute façon, j'étais censée dormir chez elle pour… Attendez, vous m'embrouillez encore. On en est où ?

La paella.

Non.

Le zob de Machin.

Queue nenni.

L'Amour.

Ah voilà…

O ! Never say I was false of heart… On en revient toujours là, hein, mon Willy ? C'est l'amour qui nous a fait toc toc sur l'épaule puis forcées à grimper dans le panier à salade, ployer sous le camouflet du gyrophare, souffler dans le ballon, cracher dans un buvard, écarter les bras, grimacer pendant la fouille, sortir nos papiers, débiter notre hum... éclatant fait d'arme en trois exemplaires, foutues au dégrisoir, présentées à la fine fleur du quartier et ricaner dans la dégobille.

Évidemment. *What else ?* comme dirait le Casanova des capsules à trous.

* * *

Deux jours auparavant, ma sœur m'avait appelée en larmes. C'est très rare que ma sœur pleure. C'était même la première fois depuis... depuis son accident de voiture, je crois. Et encore... Il avait fallu – en plus de plusieurs fractures et d'une côte fêlée – que son bras triple de volume sous l'effet d'un cathéter mal posé pour qu'elle en écrase une ou deux, de traîtresses larmichettes. Une et demie, disons. Ce n'était pas tant qu'elle souffrait le martyre, c'est que c'était trop triste, toutes ces veines en relief et comme prêtes pour la dissection.

Parce que c'est une dure, cette souris-là… La vie l'a souvent frappée entre les omoplates, mais la vie a repris son poing en soufflant dessus pendant que notre Lili regardait ailleurs. Plus loin, devant, vers une autre trouée. Je ne vais pas m'attarder en chemin sinon c'est une pension complète à l'hôtel des Grands Condés qu'il faudrait prendre, mais encore une fois, faites-moi confiance : elle est bien tamponnée, sa carte à couilles. (Et c'est d'une injustice quand on y pense… Que ce soient toujours les plus vaillants de nos fantassins qui se mangent toute la mitraille…) Enfin, passons.

Oui, elle hoquetait, se mouchait dans son portable et essayait de passer en contrebande un SOS bien dissimulé sous une charpie de plaisanteries aigres-douces. Le cœur. Le cœur avait triplé de volume et se soumettait, vaincu, à la maladresse des carabins.

J'ai raccroché, j'ai déposé mon petit dernier dans les bras de son papa et j'ai attrapé mon manteau. « Ma sœur… », lui ai-je dit en cherchant les clefs de la voiture. Pour ne pas prendre le risque de les lever au ciel, il a écarquillé les yeux devant le sourire de son bébé. Mon mari est un garçon bienveillant. Et fataliste. Non seulement sa fiancée n'avait pas la moindre dot, mais elle trimballait dans son trousseau ces deux mots-là : *ma sœur*, qui pesaient bien plus lourd que toute l'argenterie des tsars… Eh bien, il a pris le lot sans moufter. (Tu me diras, il n'avait pas trop le choix vu que c'était la même Lili qui nous avait présentés et que j'étais quand même plus précieuse qu'un samovar en vermeil.) (Plus pratique en tout cas !)

En roulant vers le lieu du drame, j'essayais de me souvenir où elle en était question coquins… Parce que c'est toujours un peu compliqué à suivre avec elle… Attention ! Je ne dis pas que ma sœur est une croqueuse. Je rappelle simplement, à ceux qui n'auraient pas lu Jane Austen, que la cadette est la plus ardente des deux héroïnes. C'est celle qui défait sa pelote pendant que l'autre brode ses initiales sur des torchons de cuisine, celle pour qui le monde est toujours trop étriqué et les hommes trop mondains. Celle qui tombe amoureuse au moindre battement de cils, donne sa vie pour un sourire, son âme en remerciement d'une bonne compil et son congé dès que la flamme s'amenuise.

Ce doit être épuisant... Je ne sais pas comment elle fait... Je me plains souvent des devoirs, des paniers de linge sale, des courses, des réunions pédagogiques et de ma libido un peu pâle, mais je n'échangerais pas une seule chaussette dépareillée ni mon jeton de caddie contre un cœur de cette intensité-là... Moi, la paroisse, les ouailles, le bicarbonate dans les scones et les boutures de géraniums, ça me va très bien. Bien sûr, comme une autre, j'ai eu ma première grande histoire et les petites qui ont suivi, mais après j'ai bien vite remballé tout le nécessaire à en découdre. Les tactiques de séduction, les calculs savants, le bain-marie pour faire languir, les coups de chaud et les texto minables, non merci, je passe mon tour. Je n'étais pas taillée pour l'aventure. Trop douillette, il faut croire… Sans compter que ma sœur, qui était aussi ma colocataire à l'époque, m'a réveillée un matin en tirant par la manche un type encore plus sexy que le chevalier Darcy : « Alice ! Mate un peu la came ! Je crois que j'ai trouvé l'homme de ta vie ! » J'ai maté, j'ai ri, j'étais bien d'accord avec elle et j'ai écrit à la mairie du 14e pour que l'on m'envoie mon extrait d'acte de naissance.

Lili, elle, sautille sur le ring, prend des coups, en rend, donne tout, s'effondre, revient, mollarde, rajuste son dentier, en veut encore, ne capitule jamais. Préfère tout miser et tout perdre plutôt que de se résigner. Préfère encore crever la gueule ouverte que de rendre les armes et sera enterrée avec son carquois à la main…

Le court paragraphe qui précède était ma pensée d'il y a dix minutes.

Maintenant, à 21 h 23 et en clignotant vers la bretelle du périph' intérieur, je crois que je nuancerais un peu mes propos... C'est vrai, c'était beau comme de l'antique, ma sœur en Ray Sugar Robinson des cœurs poids plume, mais je ne sais plus si c'est toujours d'actualité... Je crois qu'elle commence à fatiguer, notre petite combattante... Ou à vieillir peut-être... Hé ? Qui sait ? Ce sont des choses qui arrivent... J'y pense, je pense à elle entre la porte Dorée et celle de Montreuil et je me souviens de certains détails qui rhabillent un peu Cupidon...

Avant, quand elle venait me voir, elle ne voulait jamais prendre le temps de s'asseoir un moment et de papoter à la Jane et Elizabeth comme autrefois. Les cuisines aménagées, les rideaux bien tirés, les magnets sur le frigo et la litière du chat la déprimaient, se justifiait-elle, me mortifiait-elle, en finissant les restes debout. Elle préférait monter à l'étage, chahuter avec les enfants, mettre un boxon pas possible dans leurs chambres, les scotcher au plafond, les pendre à leurs portemanteaux, les épuiser, leur donner le tournis et leur content de nostalgie pour les semaines à venir avant de s'enfuir en leur soufflant des tas de baisers de Petit Poucet…

Mais les quelques dernières fois où nous l'avons accueillie, elle était plus calme. Elle a regardé les photos dans les cadres, arrangé les coussins, insisté pour donner son biberon au petit Lulu puis leur bain aux aînés et comme moi, presque trente ans auparavant, s'est amusée à tresser des macarons à sa filleule en lui racontant toutes les bêtises de Fifi Brindacier. Elle m'a même proposé d'équeuter les haricots verts !

Et c'est là, dans l'indolence d'une cuisine familière, avec le chat qui se frottait contre ses jambes et en repoussant son reliquat de petites queues mortes, qu'elle a dit tout bas :

— Tu sais, j'ai rencontré quelqu'un…

— Ah ?

Je ne m'étais pas retournée et j'ai continué de peler mes pommes comme si de rien n'était pour lui laisser le champ libre. Si elle m'avait annoncé en glougloutant : Au fait ! J'ai une touche avec un mec trop mignon ! j'aurais lâché mon crumble deux minutes pour glouglouter en canon, mais là, le choix des mots « rencontré » et « quelqu'un », m'inspirait plutôt une froideur d'analyste en vieux tweed. Mhmm… C'est cela… Mais encore…

Mais encore rien. Elle s'était levée avec sa passoire pleine et…

— Et… ? j'ai ajouté.

— Et rien. C'est bien. On est bien.

Bigre. La virago sentait le roussi. Est-ce qu'il fallait que je commence à chercher un petit bibi pour le grand jour ?

— C'est sérieux ?

— Pff…, a-t-elle soupiré en haussant les épaules, je ne sais pas… Comment savoir, d'ailleurs ? Mais bon… Si ça pouvait durer un peu, ce serait pas mal…

N'y tenant plus, je l'ai quand même dévisagée et ai pointé mon économe sur sa poitrine :

— Hééé… Alors le voilà harponné, ce petit cœur d'artichaut ? ! Mais ça se fête ! Vinaigrette pour tout le monde ! ai-je exulté en nous resservant un verre de rouge.

Elle a souri.

J'ai souri plus loin encore :

— Raconte…

— Raconte quoi ?

— Ben, je sais pas, moi… Il est comment ?

— …

Ouille. C'était mauvais signe quand elle nous faisait sa petite mijaurée…

— Il est marié ? (Nous avions déjà donné dans le bon père de famille…) (Très mauvais plan.) (Je déconseille.)

— Non.

Youf.

— Il vit en France ? (Dans le baroudeur aussi.) (Épuisant…) (Douze magasins du Vieux Campeur entre Maubert et la Sorbonne. C'est bon. On les connaît tous.)

— Oui.

— Il est… euh… Il a ses papiers ? (Le charme de l'exotisme, n'en parlons même pas, je pense que ma sœur pourrait servir d'audioguide à la préfecture de Bobigny.)

— Ouais… (ton un peu las), il a ses papiers, sa carte Vitale, il aime bien son papa et sa maman aussi, il paye des impôts, il est propriétaire de son appart et il roule en Audi.

Mazette, c'était bien la première fois qu'elle nous prenait le Pack Yabonblanc avec toutes les options et les jantes en alu. C'était bien la nôtre au moins ?

— T'es son clone, c'est ça ?

— T'es trop con, m'a-t-elle insulté tendrement, t'es vraiment trop grave, ma pauvre Charlotte… (Ici, ceux qui n'ont pas lu *Orgueil et Préjugés* n'ont pas compris.) *(Too bad…)*

Et là, la question qui tue, mais tant pis pour elle, elle l'avait bien cherchée :

— Il fait quoi ?

Silence.

Je me suis retournée de nouveau. Elle ricanait.

Ah ! Enfin ! Te revoilà ! Nous revoilà ! Dans mes bras, ma petite Lili ! Il y avait quand même un loup ! On allait pouvoir se marrer un peu !

— Il est dans la teinture végétale ?

— Meuh non…

Elle avait baissé la tête, mais j'apercevais ses petites fossettes idiotes qui lui chatouillaient les oreilles…

(Sa dernière grande histoire « sérieuse », c'était avec un babos à queue de cheval qui vivait dans les Pyrénées et ne jurait que par les plantes et la teinture au naturel. Elle était restée avec lui plus de deux ans et nous étions allés les voir un été avec les enfants. Plus pittoresque, tu meurs. Pour blanchir les

laines des moutons qu'un autre disciple de *Bambois, la vie verte* (trop long à expliquer, les plus curieux googueuliseront) élevait deux pâturages plus haut, il fallait les tremper dans un bac d'urine fermentée et, de préférence, de premières urines du matin... (Une histoire de concentration d'ammoniaque ou je ne sais quoi...) Aussi étions-nous *tous* priés d'aller pisser dans le caisson installé près du poulailler dès potron-minet pour ne pas nous faire mal voir de Pedro-la-Barbouille. Pour les garçons c'était plutôt rigolo, mais pour nous... quelle merde... (Si je puis me permettre cette analogie...) (Je ne me la serais pas permise là-haut vu qu'il surveillait tout ça de très près et touillait son brouet plusieurs fois par jour...) Ah ! Fallait-il que je l'aime, ma Lili, pour me percher et m'agripper là-dessus avec mon gros ventre ! Oui, parce que j'étais enceinte cet été-là... (Oh, et ce sourire angélique quand il m'a serré la main... Je croyais que c'était la noble hospitalité des nobles bergious du Capitoul, mais pas du tout. C'était mes hormones ! Quelle belle réaction ça allait provoquer, toute cette progestérone ! Quel beau violacé elles allaient choper ses cheviottes à la myrtille !) Pendant neuf jours, on a mangé bio, parlé bio, chié bio, dormi sur des nattes en peau de bique, allumé des bougies, écouté les interminables (et très chichonnés) discours altermondialistes de monsieur Pisse and Love tout en buvant son café pas équitable du tout (le Jacques Vabre de l'épicier ambulant), lavé les enfants au broc, bouffé du suint, cueilli des pissenlits, allumé des feux, surveillé des chaudrons, suspendu des écheveaux caca d'oie et pipi de pigeons sur des branches de noisetier (toujours égoutter, ne jamais tordre, sinon Pedro très fâché...) (tout rouge), écrasé des noix pendant des plombes (mais pas avec du fer qui oxyde sinon Pedro très énervé...) (tout vert), pesé du sel d'alun, brassé des espèces de bouillons immondes qui puaient à dix kilomètres à la ronde et... et le dixième jour... euh... on a tiré la chasse sur tout ça parce qu'on avait trop envie d'une francfort-frites avec une montagne de mayo au ket-chup... C'était instructif, c'était folklorique, je ne dis pas... Mais je n'oublierai jamais le visage livide de ma sœur et son regard un peu… délavé quand notre voiture a disparu au bout du chemin. Aujourd'hui, dès qu'elle repère les mots « fibre » ou « naturel » sur l'étiquette d'un vêtement, elle sort du magasin en courant.)

Avant il y avait eu Momo le vigile (les enfants s'étaient beaucoup attaché au chien…), Toto le pompier (que nous appelions entre nous « la plus belle lance du département » mais qui avait quand même réussi à foutre le feu au barbecue avec ses briquettes non homologuées…), Lolo le mécano (un peu lent à l'allumage, mais bien serviable, ma foi…) et ensuite nous avions entraperçu Riri le rechercheur d'emploi et Phiphi le revendeur de photocopieurs. Nous manquait plus que Loulou, quoi…

— Il s'appelle Loulou ?

— Euh… non. Pourquoi tu me dis ça ? s'étonna ma sœur.

— Comme ça, au hasard… Et alors ? Il fait quoi, celui-là ? Il est dans les cartouches d'encre ?

— Non, il est gérant d'un magasin…

— D'un magasin de quoi ?

— Si je te le dis, tu vas encore glousser comme une pauvre dinde…

— Mais nooon… Un magasin de quoi ? De tatouages ?

— Non.

— De piercings ?

— Non.

— Ah ! Je sais ! De lampes et d'hydromètres pour la culture *indoor,* comme ils disent… Hein ? C'est ça ? Tu nous as trouvé un petit détaillant à boutures holl…

— Pas du tout ma chère, me coupa-t-elle en prenant l'air pincé, il est dans la confection pour homme, figure-toi…

Ah ?

Là, je suis restée coite deux secondes parce qu'elle nous l'avait encore jamais faite, celle-là…

— Dans le cuir ?

— Non. Plus chic que ça…

— *Chic* ? ! ? Nan, ben alors là, je donne ma langue au chat.

— Tu me jures que tu vas pas glousser ?

— Juré.

— Il tient un magasin Hugo Boss.

— Hugo Boss… euh… le… les petits costumes cintrés et les chaussures à bouts carrés ? (Mais vu que je m'empêchais de ricaner, ça sonnait plutôt comme : les tits stumes cin hin hin-trés et les ho ho hossures à bouts ouh ouh carrés ?)

— J'en étais sûre…

Elle a commencé par nous la jouer vierge et martyr, mais bon… pas très longtemps et quand mon mari est entré dans la cuisine, il a gémi :

— *Encore* en train de rire bêtement toutes les deux ? Mais ce n'est pas Dieu possible d'être aussi cagoles à votre âge… Qu'est-ce qui se passe encore ? Lili sort avec Benoît XVI ?

— Voilà ! Même genre, mais sans la calotte et la papamobile…

Et c'était reparti pour un ouh ouh'rbi et oh oh'rbi dans toutes les langues.

Pathétiques, les deux sœurs sourire, pathétiques…

Après, bien sûr, on s'est calmées. D'abord il n'y avait rien de drôle et puis nous étions bien aise d'accueillir un franchisé des Teutons dans la grande famille de l'amour. Ce garçon était sûrement très bien. Et puis élégant avec ça.

— Eh… euh… Il porte des slips avec marqué Hugo oh-oh Boss sur l'elasti hi-hi-que ?

— Mais qu'est-ce qu'elle a, maman ? s'inquiétait Mathilde qui, elle aussi, était venue voir ce qui pouvait bien pouffer si bas.

— Rien, l'a rassurée sa marraine. Rien du tout. Elle est juste jalouse.

Ensuite, seigneur toujours, nous avons pris un peu d'altitude et disserté comme je l'ai précisé plus tôt. Comment était son regard, comment s'étaient-ils rencontrés, ce qui le rendait si aimable, si précieux, et tout le chabadabada. Bon, on ne s'est pas trop étendue sur la partie livres et films. *Primo* parce qu'on est délicates, *secundo* parce qu'on ne peut pas tout avoir dans la vie, les petits marcels en coton peigné et le grand en papier bible. Eh non… Sinon ce serait trop beau…

Enfin… Ce devait être beau quand même, doux du moins, car notre espiègle Lili n'était plus revenue nous voir depuis ce jour-là. Elle n'était pas ingrate, elle était heureuse. Nous nous téléphonions moins souvent – ce qui est toujours un signe de bonheur – et quand nous passions en mode oreillettes pour le grand debriefing de la semaine, nous étions devenues (presque) calmes. Genre Elinor et sa sister dans le dernier chapitre : « *[…] et que Marianne trouvât son propre bonheur fut la conviction et fit l'enchantement de tous les amis qui l'observaient. Marianne ne pouvait jamais aimer à moitié ; et, en peu de temps, tout son cœur fut à son mari* boutiquier, *comme il l'avait d'abord été à Willoughby* son teinturier. » Nous l'appelions Huguette et nous étions heureux pour elle.

S'ils s'étaient mariés (superpratique pour le costume...) et s'ils avaient eu beaucoup d'enfants, vous seriez débarrassés de nous à l'heure qu'il est. Je ne sais pas ce que vous seriez en train de faire, peut-être seriez-vous en train de feuilleter votre magazine *France Loisirs* à la recherche de lectures plus respectables, mais ce qui est sûr, c'est que vous ne vous trouveriez pas en garde à vue avec Jeyrghl rrroui rrheeu le pochetron et Sergueï la Moule...

Vous ne souffririez pas d'une affreuse gueule de bois (eh oui... nous nous étions donné un peu de courage avant l'assaut... bien obligées...), vous n'auriez pas d'épouvantables nausées postaromatiques (eh oui... le courage, ça s'inhale aussi...), vous ne jetteriez pas les membres de votre famille dans l'opprobre de la disgrâce, vous ne seriez pas sur le point de faire honte à vos propres enfants et, surtout, vous ne vous tortilleriez pas comme un lombric épileptique parce que votre vessie serait pleine et la porte cadenassée...

Mais voilà, désolée, Lili m'a appelée en larmes et je suis allée la consoler.

Ce chagrin totalement imprévu est donc ce que les professeurs de français gâcheurs de contes appellent l'*élément perturbateur* et ce qui suit, les *péripéties*.

* * *

C'était plus qu'un chagrin, c'était un crève-cœur. Je ne savais pas qu'un être humain pesant 48 kg et mesurant 167 centimètres pouvait, en si peu de temps, produire une telle quantité de larmes et de morve. Raviné ce joli visage, dévastés ces pommettes si hautes et ce sourire si tendre, submergé, ravagé ce corps perdu que j'acheminais comme je pouvais du palier au premier tabouret de cuisine venu ; tout en elle n'était qu'éboulement.

Je me tenais à ses côtés, son front reposait sur ma hanche, ses sanglots me déséquilibraient pendant que ses bras, crochetés derrière mon dos, m'empêchaient de tomber aussi bas qu'elle. J'effleurais, je caressais ses cheveux en lui murmurant : « Pleure, ma belle, pleure. Dégage-moi toute cette merde… »

Oui, j'ai élargi le goulot d'étranglement car c'eût été lui faire trop d'honneurs que de créditer notre petit détaillant de tant d'avoir. Beaucoup trop d'honneurs…

Qu'était-il au final, celui qui manifestement n'était déjà plus rien ? Un détonateur, une charge d'explosifs au pied du barrage ? Un instrument, rien de plus.

Il y a, comme ça, des cases sur l'échiquier qui servent de purges aux cœurs trop lourds. On se rend à l'enterrement de la mère d'un ami ou du frère d'une collègue. On s'y rend sans affect et par pure politesse. On ne connaissait pas cette personne. On ne l'avait jamais vue. Nous, c'est pour les vivants qu'on est venu, pour célébrer une forme d'amitié que l'on a ressorti notre vieil imper gris, et puis voilà que l'on se retrouve à ruisseler entre deux inconnus.

Ce n'est pas ce mort que nous pleurons, ce sont toutes nos morts.

Nos rêves, nos renoncements, notre intime débâcle… Cette vie qui nous paraît si lente, si fastidieuse certains jours et après laquelle on se retourne à chaque dizaine en chancelant un « mon Dieu… » bien inutile puisque c'est vide là-haut et que personne n'entend jamais notre effroi… Tous ces reflets de nos visages jour après jour après jour après jour qui s'écoulent par la bonde du lavabo. Ces cheveux blancs, ces rides que l'on n'avait pas vues venir, ces sourires qui se décrochent à la moindre seconde d'inattention. Tout ce travail de marionnettiste qu'il faut faire sur soi pour avoir l'air naturel en se déplaçant sur la scène… Ces heures gâchées dans les transports en commun, ces grèves, ces exigences, ces négociations perdues d'avance, ces jours fériés qui tombent un dimanche, cette misère du monde qui nous bouleverse et ce mendiant qui nous gave. Ces enfants qui devront grandir sans banquise, ces footballeurs que l'on adule, ces chercheurs et ces tailleurs de pierre dont tout le monde se contrefout, toutes ces injustices qui ne nous coupent pas l'appétit mais qui nous ballonnent un peu, quand même, au moment de la digestion… Ces mariages qui se fanent, ces attestations que l'on rédige, ces amis virtuels, ces promesses que l'on ne s'est pas tenues, ce corps qui n'est plus tellement désiré et qui, c'est affreux, c'est trop affreux, ne désire plus tellement non plus…

Oui, il y a les enterrements de convenance pour tout cela et puis des films, des musiques, certaines chansons qui vous fendent par le milieu dans une allée de supermarché et des dessins animés, même, quand on croyait passer un peu de bon temps avec nos enfants et qu'ils sont obligés, les pauvres, de nous broyer la main en nous rassurant : « Ne pleure pas, maman, ne pleure pas. Tu verras leur petit chien il est pas vraiment perdu, en fait… »

Je ne sais pas ce que ma Lili était en train d'essorer, mais ce devait être un sacré baquet de compresses parce que ça a duré longtemps, longtemps… J'avais un peu mal aux jambes, j'essayais de ne pas regarder l'horloge de son four et je lui massais doucement les tempes parce que c'était là, notre maman à nous nous l'avait appris, que s'enchevêtraient tout un tas de petites terminaisons nerveuses très sensibles…

Les endroits de ma jupe où elle avait bavé me donnaient la chair de poule, je me sentais inutile, mariée, casée, aimée, en sursis… Je ne parlais pas, je savais qu'il n'y avait rien à ajouter. Nous nous étions déjà tout dit et il n'y avait aucune ombre sur cette barque chavirée, aucune. Alors j'ai attendu, impuissante, la fin du programme.

— Bon allez…, a-t-elle dit en se mouchant une dernière fois dans sa manche, on ne va pas y passer la soirée… Regarde plutôt dans ce placard, là, je crois qu'il me reste un fond de cognac…

Et nous avons trinqué et nous nous sommes souri dans deux petits clins d'yeux invisibles à l'œil nu et nous avons jacassé avec vaillance en finissant tous les fonds possibles – mariée dans l'année, ha ! ha ! ha ! – en zappant totalement le gros naze qui avait eu la bonne idée de nous rassembler si tard, si seules, si proches, sous ses décombres.

Un jour peut-être, dans très longtemps, elle me racontera ce qui s'était passé ce soir-là, mais pour l'instant ça n'avait pas le moindre intérêt. Ce qui importait, c'était qu'elle m'avait appelée et que j'étais venue. Et que nous étions en train de nous arsouiller en nous remémorant des jours meilleurs et en nous en échafaudant de plus beaux encore…

— Tu crois que tu peux conduire ? s'est-elle inquiétée en se retenant à ma portière.

— Mais oui… ça va aller…, l'ai-je rassurée dans un souffle à deux grammes cinq, suffit juste que je me souvienne comment on accroche cette putain de ceinture et où j'ai bien pu ranger mon clignotant, et hop, au bercail la bourgeoise !

Elle ne s'écartait pas.

— Hé ! C'est bon… Ne fais pas cette tête, je déconnais… Regarde, le voilà mon clignotant, fis-je en brandissant triomphalement mon gilet jaune.

Elle s'est marrée et j'aurais tout donné pour m'arracher sur cette dernière élégance. Un joli tombé de rideau sur un vaudeville bien pourri… Hélas, ses lèvres n'ont pas tenu la distance. Son sourire s'est cassé la figure et, patatras, tout mon travail de maçonnerie fut ruiné. L'enduit n'avait pas pris.

Misère. J'étais la planquée de service, mais je demeurais la grande sœur quand même… Seigneur toujours, bordel de merde ! Il fallait que je trouve quelque chose, là… Je ne pouvais pas l'abandonner dans cet état.

— Monte, lui ai-je ordonné.

— Non. Je n'ai pas envie… Je n'ai pas le courage d'affronter une famille heureuse pour le moment…

— Monte…, j'ai répété.

Et, sur un ton plus *pfuirtt*, coriace, pour finir de la décider autant que pour me donner un peu de gnaque :

— Il va payer pour tous les autres, ce connard…

Un sourire a percé.

* * *

On s'est bien attachées pour que la police ne devine pas qu'on était beurrées, on a fait un crochet par chez Lolo pour lui emprunter du matériel. « C'est vous les filles ? Mais il est quelle heure là ? Et qu'est-ce que vous allez faire avec tout ça ? » puis par chez Riri pour lui acheter un peu de matos. « Tiens… Les sœurs Gretchen… Ça faisait un bail dis donc… Ho ? Vous vous faites pas choper par les keufs avec ça, hein ? »

Beuh non…, on a répondu, n'importe quoi…

« Hein ? De quoi ? Des bonnets ? ! ? Mais pour quoi faire ? »

On va skier.

J'ai appelé chez moi. Tout va très bien mon chéri, je dors chez Lili, elle va beaucoup mieux et là nous sommes en train de boire des tisanes « Nuit tranquille » (à base de plantes, oui…). Ensuite on s'est rendues « sur le site », soit une banlieue plutôt chic à l'est de Paris avec son château, son bois (la salle d'attente de notre chère Sergueï…) et son parc zoologique. J'ai garé ma Scenic des familles un peu en retrait rapport à la plaque d'immatriculation (té… pas folles, les génies du commando…) et on a attendu que tous les films soient terminés, que les chiens aient tous pissé et que toutes les fenêtres s'éteignent enfin.

Même défoncée, je gardais assez de bonne ménagère en moi pour obliger ma sœur à entrouvrir sa fenêtre. Je m'imaginais mal emmener les mômes à l'école le lendemain matin dans des effluves de chnouf… (Oh, maman, ça sent bizarre… C'est mon nouveau petit sapin, mes chéris… Senteurs de Provence…) et nous papotions gaiement (très gaiement !) en attendant l'heure de la revanche.

Tin din din…

Vers 1 heure et demie, nous nous sommes coulées dans la nuit noire avec nos peintures de guerre et grands couteaux entre les dents. Nous portions déjà nos couvre-chefs spécial camouflage, une espèce de bonnet péruvien pour moi (pas vraiment discret mais enfin… Riri n'était pas du genre à porter un bob en loden…) et un sweat à capuche pour Lili. Sans plus échanger la moindre parole, nous avons regardé à gauche, checké à droite, réglé nos talkies invisibles : « *All right, sergeant ? All right, buddies...* » puis nous avons tiré nos rôles à pile ou face.

(Et là, je suis obligée de la reconnaître, ce fut notre première erreur tactique… Nous étions tellement euh… chargées que ça nous a pris un temps fou pour trouver une pièce, la lancer dans la confiture d'abricot, nous tacler la goule en nous prenant les pieds dans une bouche d'égout, nous faire la courte échelle pour aller la récupérer dans le bas du caniveau avec toutes les grenouilles mortes et les mégots de chien et… Ho… Tu vois pas qu'y z'auraient mal fermé les barrières du zoo ? Oh ! Oh ! Oh ! Hé, te retourne pas, y a un couguar sur le capot de la mob… Wouarf, wouarf, wouarf !)

Bouh… Oui, ce fut du sport de nous mettre d'accord, mais enfin, ce qui fut cuvé fut fait, Lili au guet et moi à la déco.

Après, je ne me souviens plus vraiment parce que j'étais trop concentrée. Je savais que j'étais dans le coltar, mais *je ne voulais pas* faire de fautes d'orthographe. Saigneur toujours, bon dieu de bois. Par contre, ce dont je me souviens très bien, c'est que quand j'ai gueulé : « Merde, Lili ! Y a plus de place ! Je suis obligée de déborder sur la vitrine du charcutier ! », un doigt m'a toqué sur l'épaule :

— Mademoiselle, excusez-moi de vous déranger, mais il n'y a qu'un « t », là…

J'avais envie de lui répondre, Hé de quoi tu te mêles ? Occupe-toi plutôt de la tienne, seulement quand je me suis retournée, j'ai vu que ce n'était pas maître Capello qui me tendait son gros dico, mais un monsieur en uniforme bleu marine avec une casquette bleu marine et un petit écusson tricolore sur le bras droit.

— Ah ? Vous… euh… vous êtes sûr ? j'ai demandé en cachant mon pinceau dans ma poche.

— Absolument.

Et là, je me suis fait pipi dessus. Ce n'était pas l'humiliation de faire encore des fautes à mon âge, c'était juste mon périnée qui était mal rééduqué.

* * *

Deux heures moins le quart madame placard, nous étions assises en face du portrait de Nicolas Sarkozy (un peu crispé) et entourées de trois policiers totalement dépourvus d'humour.

Dans le fourgon déjà, nous nous étions soumises à l'épreuve de dépistage de l'imprégnation alcoolique par l'air expiré puis nous avions mâchouillé une espèce d'éponge pendant 8 minutes (huit !) qui allait être envoyée au labo afin de détecter et, ce faisant, prouver l'absorption d'éventuels stupéfiants. (Eh, les gars... Inutile de faire tant de chichis. Merde, ce sont nos impôts quand même... Il suffisait de nous demander...) et maintenant, c'était l'heure du procès-verbal.

Nous avons redit nos noms, prénoms, date, lieu de naissance et adresses respectives.

— Alors euh... vous... vous êtes parentes de ce fait ?

Bingo. Trop trop fort, l'inspecteur. Hé, mais tu vas décrocher un rôle à la télé, toi ! ?

Ils ont vérifié la carte grise de la voiture, sont partis avec nos papiers, sont revenus puis ont cherché les coordonnées du propriétaire de l'établissement sciemment et volontairement dégradé par nos soins. (Pardon pour tout ce jargon, mais c'est le leur...)

— Quand même..., ai-je gémi, nous ne nous sommes pas servi de notre voiture comme bélier, ni jeté la moindre pierre, ni rien abîmé, n'est-ce pas ?

— Écoutez, ma-deu-moi-sel-leu (léger accent de Béziers) selon le Codeu civil en vigueu-reu, la dégradation d'un bien appartenant à autrui est punie de deux ans d'emprisonnement et de 30 000 euros d'amen-deu…

— … sauf s'il n'en est résulté qu'un dommage léger, a continué Lili.

— Pardon ?

— « *La destruction, la dégradation ou la détérioration d'un bien appartenant à autrui est punie de deux ans d'emprisonnement et de 30 000 euros d'amende, sauf s'il n'en est résulté qu'un dommage léger* », c'est l'article 322-1, je le connais bien celui-là. J'ai beaucoup donné dans le graffiti d'art…

— Vous êtes de la maison-heu ?

— Je suis d'en face.

— En fa-ceu ? Vous voulez dire dans la rue du Généra-leu de Gau-lleu ?

— Non. Du barreau de Paris.

— C'est vrai ?

Elle a acquiescé.

— Alors vous connaissez la sui-teu… ?

Il a titillé sa souris, plissé les yeux vers l'écran de son ordinateur :

— « *Le fait-eu de tracer des inscriptions, des signes ou des dessins, sans autorisation préalabl-eu, sur les façades, les véhicules, les voies publiques ou le mobilier urbain est puni de 3 750 euros d'amend-eu et d'une peine de trava-illeu d'intérêt général lorsqu'il n'en est résulté qu'un dommage léger.* »

Je me suis tournée vers Lili, paniquée :

— 3 750 euros ? ! ?

— Mais non… T'inquiète…

— Tu crois qu'ils vont nous envoyer décoller des chewing-gums sous l'Arc de Triomphe ?

— Dommage *léger*, le monsieur vient de te dire. Ça va, on n'a rien commis d'irréparable…

— Pardon euh… maître… Inscriptions à caractère injurieux *et* pornographi-queu, ce n'est quand mê-meu pas un gribouillis de gosse, votre affai-reu…

— Oui, bon, commençait-elle à s'énerver, le propriétaire n'a pas porté plainte, que je sache...

— Eh bien, c'est ce que nous verrons quand il arrivera... En attendant, je vous prie de me sui-vreu...

Et voilà. Nous y sommes.

— Tu crois qu'il va porter plainte ? ai-je demandé à Lili pendant que nous cherchions un petit endroit propret où garer nos miches dans la cage aux rebuts.

— Putain, j'en sais rien... Ah ! il va bicher, ce crétin. C'est le plus beau jour de sa vie, là...

Silence.

— Heureusement qu'on avait tout fumé, hein ?

— Tu l'as dit... Hi hi hi...

— *Jeyrghl rrroui râvvvlorf rrheeu...*

— Qu'est-ce qu'il dit, là ?

— J'en sais rien, mais qu'est-ce qu'il pue…

— *Jeyrghl rrroui râvv…*

Bon. La suite, vous la connaissez…

* * *

Il est arrivé très énervé. Que dis-je énervé, ulcéré, dans son petit costume cintré et ses chaussures à bouts carrés. Là, j'ai bien pris garde de ne pas croiser le regard de ma sœur sinon nous étions encore bonnes pour une petite gausserie des familles, ce qui aurait fait plutôt mauvais genre vu l'état de nos circonstances atténuantes… On nous a fait asseoir en face de lui et un autre agent (sans accent, celui-là) (et c'est tant mieux parce que ça devenait un peu lourd à retranscri-reu…) a commencé de lui rapporter les faits.

Manifestement, il s'était déjà rendu sur les lieux du crime puisqu'il l'a coupé aussitôt pour s'adresser à ma sœur :

— T'es fière de toi ?

Ouh là là !... Il était vachement agressif...

Je la connais par cœur, je savais qu'elle rêvait de lui répondre un beau « oui » de jeune mariée enamourée, mais comme nous étions pressées d'en finir, elle a baissé la tête et murmuré :

— Non...

Et puis ça a craqué de nouveau dans son visage et j'ai senti qu'elle allait partir en vrille. Je sentais le fou rire qui montait, qui montait... Alors, la maligne, elle s'est pincé les narines et toute la joie qui lui montait au nez est ressortie par les seuls déversoirs possibles, à savoir ces petits canaux qui nous trahissent souvent au coin des paupières.

Elle pleurait, elle chialait la malheureuse. Elle débordait de rire.

De la voir si bouleversée, ça a ému l'assemblée. Le gardien de la paix a reposé nos procès-verbaux et il a dit, un peu embarrassé :

— Allons… Ne vous mettez pas dans des états pareils… On va bien trouver une solution… Monsieur, vous avez l'intention de porter plainte ?

Je la regardais hébétée, je me demandais : mais *où* va-t-elle chercher toutes ces larmes ? Où ?

Il y en avait sûrement de moins chafouines (un petit reste de notre début de soirée ?) car elle avait posé ses mains devant sa face et n'en finissait pas de nous demander pardon.

Faux cul pour faux cul, je me suis octroyé la permission de me lever pour aller la consoler. J'étais penchée au dessus d'elle, je la cautérisais, je la serrais fort dans mes bras tout en me mordant la langue jusqu'au sang pour éviter que ses tremblements d'hilarité contrariée et de pur chagrin ne me contaminent à mon tour.

Ce devait être déchirant parce que le policier s'est, hum, raclé la gorge dans le pesant de l'atmosphère et il a ajouté sur un ton beaucoup plus las :

— Bon, écoutez... Il y a erreur sur l'endroit, là... Ce n'est pas dans un commissariat que vous réglerez vos problèmes, mademoiselle... Vous savez, il y a des professionnels pour ça, mais là, vous... vous nous faites perdre notre temps avec toutes vos histoires...

Puis se tournant vers le « méchant » :

— Et vous ? Vous la déposez cette plainte ou vous demandez à ces jeunes dames de vous nettoyer votre vitrine dans la journée ?

Les hoquets avaient cessé.

Oh, comme il avait l'air déçu, notre petit culottier... Lui ce qu'il voulait, c'était nous envoyer au bagne pour perpète et dans d'atroces souffrances...

— Bon, il a soupiré, mais que tout soit *nickel* avant l'ouverture alors...

(Le « nickel » est en italiques pour rendre audible le tranchant de son intonation. Tchac, une lame de guillotine sur nos petites nuques penaudes.)

Le policier s'est levé et nous a tous fichus dehors.

Que de brutalité. Nous n'avions même pas eu le temps de dire au revoir à nos nouveaux amis…

À peine le seuil du pénitencier franchi, il a sifflé, telle une crevure de vieux serpent perfide (comme celui de Mowgli, tiens…) :

— Sssssalope…

Et là, ma Lili s'est retournée. Elle l'a regardé, ingénue, relaxée, libérée, libre. Elle l'a regardé comme si elle venait seulement de remarquer sa présence et lui a répondu notre devise numéro deux du club très fermé des Grands Seigneurs de ce monde :

— La bave de crapaud n'atteint pas la blanche colombe…

Bien sûr, il n'a rien compris. Mais elle s'en fichait comme de son premier amant. Ce n'était pas à lui qu'elle s'adressait, c'était à ce petit matin rose qui congédiait notre très longue nuit et qui, s'étirant, dissipait dans ses bâillements d'aquarelle les plus fêtardes des petites étoiles…

Puis c'est vers moi qu'elle s'est tournée. Elle s'est pendue à mon bras et s'est souvenue qu'elle était vivante :

— J'ai faim…

Nous n'avions pas vraiment l'intention de lui rendre son pot de peinture et ses pinceaux, mais comme il nous fallait du white-spirit et toute une batterie de détergents à présent, nous avons acheté des croissants chauds et sommes allées les livrer à l'adorable Lolo. « C'est encore vous les filles ? Mais il est quelle heure là ? Et qu'est-ce que vous avez fait avec tout ça ? »

En sortant de la boulangerie, nous avions fait un petit pèlerinage sur notre mur des résurrections. Quand même, nous étions fières de nous…

— C'est beau, hein ?

— Magnifique…

— Mets-toi devant, a annoncé Lili en dégainant son portable et après ce sera mon tour…

— Ok.

— Attends. Mieux que ça… Hep ! Monsieur ! Monsieur !…

Le monsieur, un jogger matinal, a ôté ses écouteurs et il nous a prises en photo toutes les deux. Bras dessus bras dessous, triomphantes, triomphales, un œil fermé et les pouces levés, devant le « Hugo » recouvert d'un ICI, le « Boss » suivi de UNE PETITE BI et la queue en tire-bouchon du cochon d'à côté perdue sous un TTE.

Ah, ça… pour de la belle ouvrage, c'était de la belle ouvrage… Il n'y avait rien à redire.

Au moment de remonter en voiture, j'ai indiqué le haut d'un lampadaire à ma sœur d'arme :

— T'as vu ?
— De quoi ?
— La caméra…
Elle a levé les yeux au ciel, suivi mon index et haussé les épaules :
— Qu'est-ce que c'est que ce monde où on n'a même plus le droit de faire des farces…

* * *

Le magasin ouvrait à 10 heures, mais comme on avait envie de le contrarier encore un peu (samedi matin, jour de marché, ce serait beaucoup plus drôle de faire disparaître nos sottises sous le regard amusé des bonnes gens), on s'est pointées comme des fleurs vers 9 h 57.

Il nous attendait de pied ferme et était ulcéré. Que dis-je ulcéré, enragé.
Écumant.
— Ho, hé, on a fait, ça va, hein… On y va, on y va… Y a pas le feu… Si t'es pas content, t'as qu'à appeler les flics, ils seront contents

de nous revoir… Et ne crie pas si fort, s'il te plaît, on a très mal au crâne, là…

On s'y est mises mollement parce qu'il y a des vérités, comme ça, qui ne sont pas bonnes à contredire.

Nous papotions, nous comparions nos éponges, nos techniques de gratte et les mérites de nos produits respectifs, nous prenions des pauses, nous gémissions, nous nous frottions les coudes… Nous regardions les airs étonnés des badauds se transformer en sourires goguenards ou carrément hilares et nous l'apercevions en train de fulminer derrière sa vitrine. Nous lui lancions des coucous et des petits bisous entre les mannequins et puis, vers la lettre B, oh ! quelle bonne surprise… notre copain Jeyrghl rrroui râvvvlorf est venu nous serrer la pince.

— Jour'm'dames… Je voulais… J'voulais m'esscuser rapport à… enfin quand j'vous ai bavé sur l'pardosse quoi…

— Oh là, mais ce n'est pas grave ! s'est exclamée Lili. On avait déjà oublié !

Puis elle lui a demandé quelque chose, mais je n'ai pas entendu. J'étais déjà en train de m'arc-bouter sur le point du I parce que mes enfants m'attendaient.

Quand même, très classes, très seigneuriales, on est allées le saluer avant de prendre congé.

Et juste avant de le quitter pour de bon, Lili lui a demandé l'autorisation d'aller faire pipi. « Non, dégage, espèce de sac à merde… », rêvait-il de lui cracher à la figure, mais comme sa vendeuse était à côté, il a acquiescé du bout des dents :

— Vas-y, mais fais vite. J'en peux plus, là…

Elle est revenue, plus enjouée que jamais (ce devait être pressant…), et nous sommes reparties avec nos vieux chiffons sous le bras.

* * *

Fiouff… Ça sentait vraiment le petit sapin dans la caisse… J'étais en train de me demander comment j'allais atténuer tout ça (encens ? bougie parfumée ? pschit pschit des mers du Sud ?) quand elle a posé sa main sur le volant :

— Attends, fais un petit détour par là… J'ai un dernier truc à régler…

Je me suis garée en double file dans la rue qui donnait derrière le royaume de son ex, elle est descendue et a récupéré un sac-poubelle.

— Qu'est-ce que c'est ?

— Un petit cadeau. Hé hé… Je n'avais pas oublié le code de la remise… Tu peux me ramener sur la place du marché, s'teu plaît ? Après je te promets, je te libère, toi aussi… Je prendrai le métro…

* * *

Mon portable a sonné :

— Maman ? Tu rentres quand ? suppliait la voix de ma petite fille.

— J'arrive, mon cœur, j'arrive…

— Tu es où ?

— J'arrive.

— Mais c'est quoi ce bruit bizarre qu'on entend derrière toi ?

— Euh… c'est ta marraine qui rit comme une grosse baleine…

— Pourquoi ? Qu'est-ce qu'elle fait ?

— Elle rhabille un clochard…

— Et pourquoi tu ris aussi, toi aussi ?

— Oh, mais parce qu'il est trop beau ! Si tu le voyais… Un beau manteau, une belle veste, de belles chaussures… Il est en train de nous faire un petit défilé, là… Il marche comme un mannequin en tournant sur lui-même et…

— Et quoi… ? Arrête de rire, maman, je ne t'entends plus…

— Eh bien, il se regarde dans toutes les vitrines de la rue en se poilant et il y a même des passants qui l'applaudissent…

— Mais pourquoi elle lui a donné tout ça ?

— Ben… Parce qu'elle est généreuse, tiens !

Je l'ai déposée à la première station venue.

Nous étions si épuisées que nous n'avons pas eu la force de nous embrasser.

Ni geste, ni baiser, ni au revoir. Juste deux petits sourires lessivés et bientôt dilués dans la foule…

Non, pas dilués, jamais. Dissipés, plutôt.

Sœurs un jour, sœurs toujours…

Composé par Nord Compo Multimédia
7, rue de Fives, 59650 Villeneuve-d'Ascq

Imprimé par Book Partners China Ltd